Oiseaux-mouches

Dessins et Poésie

Par

Mallory Eaglewood

Version française de Hummingbirds Vol. 2, également écrit par Mallory Eaglewood

ISBN:
Distribué au commerce par The Ingram Book Company

D'autres livres de Mallory Eaglewood:

Throwaway People – Un roman sur la souffrance historique des pensionnats pour les enfants autochtones du Canada et le traumatisme générationnel qu'il a causé.

The Good Life – Nouvelles humoristiques sur la navigation sur un petit bateau dans l'océan Pacifique Sud.

Pink Pistachios – Un roman et une pièce de théâtre sur la façon dont la crise psychologique d'une personne modifie la vie de trois amis pendant la période musicale et littéraire passionnante et changeante des années 1970 à Vancouver, Canada.

Hummingbirds - Des poèmes qui vous feront rire, apporteront des larmes de joie ou des sanglots de tristesse. Déconcerté, titillé ou en colère, vous réfléchirez et serez ému.

www.malloryeaglewood.com

Contents

REMERCIEMENTS.. i

MESSAGE DE L'AUTEURE.. ii

NAVIRES PASSANT 1

SOIRÉE AU BORD DU LAC 5

UN HOMME SOUS UN PARAPLUIE FRAMBOISE..... 7

VIVANT 10

PAS ICI.. 15

PARCE QUE TU ES LÀ 18

IL ÉTAIT UNE FOIS 21

AMOUR... 24

LE CHANTEUR.. 26

L'AMOUR DANS LE NOIR 29

ARCADIE ARCTIQUE.. 33

C'EST LA VIE 35

SUR TON CHEMIN... 36

JE VOUDRAIS QUE VOUS VOUS RENCONTRIEZ.....
.... 39

QUAND LA PASSION RÉGNAIT.................................... 43

JOUEZ TOUJOURS,.. 46

UNE CHANSON DE LA DOUCHE............................... 50

LES PENSÉES... 54

PARLANT 55

EN VENANT À TRAVERS LE SEIGLE 57

LA VALSE INFINIE 60

MADRIGALE DE FEU... 62

ENSEMBLE 64

UNE RAYON DE SOLEIL 65

LA FIN D'UNE AFFAIRE 67

SOMBRE À CLAIR 69

NOUS AVONS DANSÉ 70

LE PRIX 73

LE LYRISME DE NOTRE DESIR 76

LES CLOCHES DE S'ABANDONNER 77

COMMENT PUIS-JE ME CHÉRIR OÚ SE CACHE MA VALEUR DE SOI 79

APRÈS LA CRÉMATION 82

APRÈS LA TEMPÊTE 84

DURABLE 86

OUVERTURE DU PORTAIL 88

LE PASO DOBLE 90

REMERCIEMENTS

Avec respect et gratitude, je reconnais le privilège de vivre et travailler sur SDÁY¸ES (Île Pender Colombie-Britannique, Canada), une partie du territoire ancestral des terres non cédées du peuple WSÁNEĆ.

Je tiens à remercier mon éditeure et bon ami, ma bonne aime Dany Beaudin, sans l'aide de laquelle ce livre n'aurait pas été possible.

Je remercie également Marie Fortier pour son aide.

MESSAGE DE L'AUTEURE

Avec respect et gratitude, je reconnais le privilège de vivre et travailler sur SDÁY ̧ES (Île Pender Colombie-Britannique, Canada), une partie du territoire ancestral des terres non cédées du peuple WSÁNEĆ.

Je tiens à remercier mon éditeure et bon ami, ma bonne aime Dany Beaudin, sans l'aide de laquelle ce livre n'aurait pas été possible.

Je remercie également Marie Fortier pour son aide.

NAVIRES PASSANT

Danser avec l'homme que je n'ai jamais eu :

Tes yeux ont-ils vu un amour passé,

quand tu m'as regardée ?

Est-ce que tes bras ont senti le corps d'une autre femme

quand tu m'as tenue contre toi ?

As-tu entendu la voix d'une autre femme

quand j'ai chuchoté à ton oreille ?

Je ne t'ai jamais appelé mien.

Nous étions si proches mais

Tu étais trop loin.

Mon seul vrai amour,

Cela me serre encore le cœur.

Danser avec la femme que je n'ai jamais eue :

Pourquoi tes yeux se sont-ils détournés

   quand, enfin, je t'ai vue ?

Pourquoi mon étreinte ne t'a-t-elle pas réconforté,

   quand il a fallu si longtemps pour te tenir ?

Pourquoi mes paroles ne t'ont-elles pas atteinte,

   quand touts les amours passés ont disparu avec ta venue?

Tu ne m'as jamais appelée tienne.

Nous étions si proches mais

Tu étais si loin.

Mon seul vrai amour

Cela me serre encore le cœur.

Danser avec l'homme que je n'ai jamais eu :

    Les amours passées t'ont-ils tellement manqué ?

    J'aurais pu t'aimer plus.

Chaque pas de notre danse

    Aurait pu durer éternellement.

    Aurais-je dû t'appeler mien ?

    Aurais-je dû crier mon amour ?

    Mon seul vrai amour

    Cela me serre encore le cœur.

Danser avec la femme que je n'ai jamais eue :

N'y avait-il rien que j'aurais pu faire ?

Ai-je laissé trop de mots non prononcés ?

Quand nous avons dansé, j'étais au paradis.

Cela aurait pu durer éternellement.

Aurais-je dû t'appeler mien ?

Aurais-je dû crier mon amour ?

Mon seul vrai amour

Cela me serre encore le cœur.

Danser avec la bien-aimée que je n'ai jamais eue

Je dérive seul en rêvant de toi.

Je dérive seul en me demandant pourquoi.

Une chance non saisie ; celui qui n'est jamais revenu.

Je dérive seul, toujours amoureux de toi.

SOIRÉE AU BORD DU LAC

Je suis dans le fauteuil de droite.
Tout au long de la chaude après-midi,
Je lis. A côté de la chaise vide.

Maintenant le soleil commence à se coucher
et les douces zéphyrs du soir
flotter du lac.

Gardénia et Jasmin de nuit,
attirer leurs pollinisateurs,
Enivre-moi.

La mémoire de
ces sentiments
commencent à revenir.

Je serai là tard dans la longue nuit
écouter les Engoulevent bois-pourri
appelant à l'amour.

Et puis je méditerai
dans le noir,
réticent à rompre le charme,

De ce qui n'est plus.

UN HOMME SOUS
UN PARAPLUIE FRAMBOISE

Un jour que je marchais sur la Grande Avenue, j'ai vu,
Assis dans un café sur la terrasse, sous un parapluie
    framboise,
Un homme buvant son café du matin,
Une tarte au sucre occupant une petite assiette
    en porcelaine à côté de lui sur la table.

J'ai continué mon chemin, mais l'homme est venu avec moi
    dans mon esprit.
Je ne pouvais pas me débarrasser de sa belle image.
Une mèche de cheveux bruns, pendant de manière
    évocatrice
Au-dessus de ses yeux sombres, sans aucun regard.

Est-ce que ces yeux expriment un cœur brisé ?
L'amour abandonne-t-il cet homme assis seul au Grand
    Café ?
L'amour qui s'était formé dans son cœur n'était-il pas
    Partagé ?
Ou la dame est-elle morte tragiquement en le laissant dans
    le deuil ?

Je pleure pour toi, homme, je ne l'ai jamais rencontrée.
Je partage ta douleur ce jour glorieux avec les arbres le long
    de l'avenue,
Levant les bras au ciel avec joie, tandis que
Les célibataires ne marchent nulle part, ou boivent du café
    seuls.

J'imagine que tu es grand, mon homme, dont je ne
    connais pas le nom.
Vous vous appelez peut-être Henri, mon ami du café.
Je me demande comment ce serait de boire du café avec
    toi,
Assis sous un parapluie framboise.

Je rêve que tu danses avec moi, me balançant dans tes
bras forts,
Sous les étoiles, où nous ne sommes que deux à valser
dans les chaudes brises d'été
et à parler des demains, et à nous embrasser
passionnément,
Avant de quitter le monde derrière des rideaux fermés.

Souhaitons-nous nous saluer chaque matin enveloppés
Tendrement
Dans les bras les uns les autres ?
Souhaites-tu murmurer ton amour dans mon oreille ?
Ton désir m'enchante, mon homme,
Il y a des choses que j'attends que tu m'apprennes.

Je me retourne, retourne au café des parapluies framboises.
Me précipiter dans tes bras. Je veux embrasser ton
chagrin.
Ce qui est dans nos étoiles, je suis impatiente d'explorer,
mon bien-aimé.
Je viens pour mon destin.

Mais ta chaise est déjà vacante.

VIVANT

Tu as brillé ta lumière
sur mon âme solitaire
et surpris
mon cœur dans un tango encore

> *et en un instant*
> *mon souffle,*
> *long solennel et émoussé,*
> *a sauté dans la vie.*

> *La chanson que tu m'as chantée instantanément*
> *est devenue notre duo.*

Ta luminosité atteinte dans les profondeurs
de mon âme
et joignit mes mains et me guida
si doucement

Entre les étoiles de la nuit
dans un ciel noir sans fin.

Et un rêve que j'avais caché
volontiers
dans mon passé
a pris son envol.

*J'ai lu un doux message
dans tes yeux bruns affamés
Et des galaxies de trésors
se sont précipitées
dans mon esprit et*

*Juste à ce moment
je sentais que cela
ne pourrait plus
jamais arriver,
les vérités sont venues brûler
sur ma peau âgée*

*Tu as scintillé tes bénédictions
dans ma conscience blasée
et
M'a montrée une nouvelle joie
dans l'heureuse lueur d'un matin.*

*Oui, tu m'as donné un doux amour
Mais tes yeux noirs n'offraient pas
Continuité vers un soleil couchant rouge.
Tout ce qui était là était maintenant.*

Seulement pour l'instant.

Demain tiendra ton corps doux
         dans la terre humide, froide.
Parce que dans tes profondeurs se développent
         un rival trop fort.

Elle te possède et elle va te prendre.

Il n'y a rien que je puisse faire.

Mais j'ai quelque chose
de beaucoup plus gros que des os
que la terre ne peut pas partager.

Votre chaleur
Et votre confort
restera dans mon âme.

Un partage qui dure beaucoup
plus longtemps que le souffle.

Je me délecte de notre accouplement,
reconnaissante pour nos journées ensemble
Réjouis-toi dans mon nouveau moi,

et je suis aussi contente pour mon avenir
car il y avait nous.

Pour les mémoires de
nos promenades dans les forêts,
nages dans la mer,
doux murmures des salutations,
et tes baisers
sont mon confort en ton absence.

Parce que maintenant,
je me réjouis
Au plaisir de continuer seule.

Amenez le futur!

Pour la lumière, tu brillais,
Si bref, si bref, mais si significatif

Éclaira

mon âme

et durera

jusqu'à la fin de mes jours.

PAS ICI

Je pense à toi.
Si loin.
Avant de dormir
Et au réveil.

Je ruppelle, dans mon esprit :
Allongée à côté de toi la nuit,
Dans nos heures de réveil,
Le partage des œufs et du pain grillé.

Je sens la solitude,
Poignante et profonde.
Il y a une faim en moi
Et cela signifie douleur et joie.

Mes lèvres manquent la pression
de tes lèvres! Ma peau manque
l'humidité de ta sueur
que tu laisses sur ma peau!

Dans mon esprit, je respire
dans tes cheveux épais,
Quand tu te reposes la tête
Sur ma poitrine, et je me sens complète.

Mon esprit retient ton parfum
Seulement tu as !
Ma main sent ta main forte,
Si loin maintenant !

Tu as une douceur,
Sous ta force !
Elle me remplit, et m'enchante,
Avec un désir profond pour toi.

Plus vous êtes absent,
plus je souffre;
Je suis seule ici,
dans un état de désir et d'attente.

Sens moi à tes côtés quand tu dors
Mes bras te tenant dans la nuit,
Sens mon souffle dans tes cheveux
Notre peau se partage.

Je t'envoie de la force
A faire ton travail,
Pour finir rapidement,
Tu peux donc revenir.

Quand tu as fini,
Suis ton cœur à notre maison
À nous qui attendons. Il y a
Mille baisers non encore livrés.

PARCE QUE TU ES LÀ

"Parce que tu es là."
Je t'ai demandé pourquoi tu m'aimes
Cela m'a surpris, tes mots.
J'ai senti dans mes pleurs une morsure de colère monter.

"Parce que tu es là. "
Tu me l'as dit un jour
Alors que le soleil a béni le monde.
Une larme a menacé de faire surface.

"Je t'aime, parce que tu es là.
Quand je rentre après une brève séparation
Tu veux être dans mes bras, et
Moi dans les tiens, je le sais Chérie.

"Parce que tu es là.
Quand je me bats le bon combat et perds,
Quand je me bats le bon combat et gagne.
Tu veux entendre, comprendre, partager.

"Parce que tu es là.
Je n'ai pas à lutter pour être entendue,
Je n'ai pas à me battre pour être aussi précise
Je n'ai pas à lutter pour trouver un terrain d'entente.

"Parce que tu es là.
Je n'ai pas besoin de chercher un nouvel amour
Avec toute sa terreur et son incertitude
"Et inquiétude et doute de soi.

"Parce que tu es là
Tu as la volonté de surmonter les difficultés,
Une volonté de réparer les choses, ensemble,
Un désir de marcher la route avec moi.

"Parce que tu es là.
Et tu me montres de mille manières
Tu me veux, besoin de moi, faim pour moi,
Que mon besoin, ma faim, l'exploration de toi, sont
*   bienvenues.*

"Parce que tu es là
Je ris plus. Je n'ai pas tellement l'habitude.
J'ai du courage, je ne savais pas que j'avais.
Je peux faire des choses à présent. Je crois en moi.

"Parce que tu es là.
Là, debout sur tes deux pieds.
Tu es avec moi par choix, pas d'intoxication.
En tant qu'amoureux et ami, je t'ai choisi.

"Parce que tu es là,
Peu importe, où je suis
Ou combien de temps nous devons être séparés
Je ne suis pas seule.

"Parce que tu es là
Les amitiés peuvent tomber, les équipes de hockey
*   perdent,*
Les pluies arriver, les déceptions me prendre d'assaut.
Mais tu es là et mon monde survivra.

"Parce que tu es là
Que je sois près ou loin
Je détecte un "quelque chose" en toi
Je veux m'y accrocher.

"Je t'aime
Parce que tu es là."

IL ÉTAIT UNE FOIS

Le soleil n'a pas encore touché l'horizon lointain.
La mer envoie ses étincelles à mes yeux.
Il y a une brise qui embrasse ma joue.
Ils sont tous rentrés chez eux maintenant, a leur vie bien remplie.
Et je suis assise sur notre véranda et mon cœur sourit.

C'est le premier août que la chaise du père de mes enfants
est vide. Le couinement de sa chaise berçante est silencieux
Alors que je suis assise là à me souvenir des rires et des
 chansons,
Dans le paradis estival de notre famille au Lac St. François.
Tant d'années, tant de couchers de soleil, tant de fêtes.

Des générations jouées près du lac et d'autres viendront.
Bien que bientôt mes voyages à cette douce plage
Seront terminés aussi. Ma prochaine grande aventure est
 proche.
Alors je réfléchis et soupire et souris; pas fatiguée, pas éveillée,
Laisser les souvenirs entrer et sortir comme des papillons.

Les souvenirs ne viennent pas de mon mari ni de nos fils
Ce soir a la verandah en écoutant le doux
Bruit des vagues, profitant du calme.
Mes souvenirs viennent d'il y a longtemps,
Dans un autre temps, un autre endroit et une autre personne.

Son nom était-il Robert? Seul le nom a disparu.
Étrange comment je me souviens de tant de détails d'il y a si
*   longtemps.*
Étrange, comme je me souviens des sons si distinctement,
Comme le parfum des poires de fleurs qui veulent être fertiles.
Pendant que nous étions assis dans la grande herbe verte et
*   regardions le soleil se coucher.*

Ce garçon et moi, qui eûmes rencontré par hasard, avons eu
*   deux heures de splendeur.*
Je sens encore l'humidité sur sa main tenant la mienne si
*   doucement.*
Je sens encore la fragrance de sa joue qui touche mon visage,
Des lendemains sans fin me parlent de ses jeunes yeux sombres.

Ahhhhh, il était une fois.

AMOUR

Quand tes bras
   sont autour de moi
      Je me sens
Enfin à la maison.

Tu me
   donnes
      du souffle
l'air que je respire

Mon petit moi
   se développe
      étre l'univers
D'amour

Mon égo
   est remplacé
      Par le
Nous

LE CHANTEUR
L'AMOUR DANS UNE NOTE GRACIEUSE

Chante-moi une aria d'amour
Dans le matin et l'après-midi.
Chante doucement dans mon cœur
Avec tes tendres mélodies.

Parle-moi d'amour en tango,
Au soir calme et chaud
Et verse dans mes oreilles
Ton doux amour jusqu'à l'aube

Parle-moi d'amour en valse,
Je vais répondre avec joie.
Et je viendrai à toi et danserai avec toi
Au bord de la lune.

Murmure-moi d'amour
Parmi les espaces cachés
Entre la lumière et l'obscurité
Au-delà des étoiles lointaines.

Transporte-moi vers l'amour
Où pouvons-nous danser
Jusqu'au retour du soleil
Parmi les arbres soupirants.

Je t'entends à minuit
M'aimer si gentiment,
Ou dévorant mon âme
Avec une passion indécente.

Tes octaves fortes et basses
Font trembler mes os,
Et tes coloraturas montant si haut
Enflamment mon cœur.

Parce que l'amour est comme un rêve
Et tu es l'opiacé.
En chantant à travers les continents
Et immuablement explosant mes sens.

Car nous pouvons posséder une galaxie
Et s'abandonner à l'amour
Jusqu'à ce que tu sois épuisé
Sur ta scène.

L'AMOUR DANS LE NOIR

Le soleil a longtemps quitté le ciel.
La nuit me prend dans ses bras.
Il me caresse et me berce
Dans l'obscurité.

La pluie douce appelle mon esprit à la forêt
Où nous avons cueilli des bleuets sauvages
En juillet dernier et les gros-becs nous ont regardés
Et les mésanges nous ont grondés.

Au-dehors, la mer embrasse le rivage,
Chatouille les coquilles vides et le bois flottant,
où nous avons perdu le monde, se promenant au
*   printemps dernier*
Entre les eaux froides et le soleil brûlant.

L'odeur de la terre à travers la mer,
flotte dans l'air de la nuit,
Taquine mon nez et mon esprit,
L'endroit rayonne de notre tendresse.

Et les mots, ces mots,
maintenant gravés
dans les murs,
Peuvent encore être entendus.

Les rayons de lune à travers la lucarne
Révèlent plus que ce dont j'ai besoin, plus que je n veux.
Viens sommeil ! Prends-moi sommeil !
Mais le sommeil n'obéit pas.

Ton contact avec rappeler, ma peau se réchauffe.
J'ai l'impression que tu m'appelles plus près.
Mais que nos mots sont silencieux ce soir.
Et je ne me penche pas vers toi cette nuit.

Oh, que ces mots crient aux étoiles, se soir.
Et dont l'attraction et la réponse secrète
Feraient trembler la nuit.
Et ensemble nous danserions.

Je tends ma main vers la table
Et prends ta lettre. Encore.
Mais pas besoin de relire.
Ces mots sont écrits dans mes os.

Mais je les tiens contre ma poitrine
Respiration. Respirant doucement.
Respiration en eux.
Comme pour leur donner la vie.

"Ma Chérie, mon désir touche tout en moi,
Comme tu le feras, quand j'ouvrirai enfin notre porte
Te sentir dans mes bras,
Ton souffle contre mon visage.

"Ma Chérie, mes longues journées sont adoucies
Seulement par des pensées de toi.
La sensation d'être sans toi est une douce douleur,
Renforcée tous les jours, nous sommes séparés.

"Ma Chérie, le désir marque mon cœur,
Mon esprit, mes mains, mes bras.
Chaque pouce de moi souffre
De notre longue séparation.

"Ma Chérie, es-tu désireuse de moi aussi ?
Vas-tu chérir notre contact,
Quand je caresse votre joue à nouveau,
Souviens-toi de notre union impatiente ?"

Mon Chéri, je viens à toi
En moments de tranquillité.
Écoute-moi tu sais ce que je ressens
Ouvre tes bras, je vais les remplir.

Mon Chéri, je viens à toi
Quand tu te réveilles
Et quand tu vas au lit la nuit.
Je suis ici avec toi, mon amoureuse sacrée.

Bientôt je reviendrai vers toi.
Pour ton amour, tes bras, tes lèvres
Et ton corps sont ma maison.
Tu es, où j'habite.

ARCADIE ARCTIQUE

Avec joie dans nos cœurs,
nous avons couru à travers la toundra enneigée,

Avec la lune guidant notre chemin côte à côte,
La constellation Cassiopée avait eu du mal à suivre,
Ou aveuglés par le scintillant soleil un jour d'été.

L'omble chevalier de la rivière Thelon,
Dans les eaux glacées
Nous avons chassé ensemble au printemps.

Nous avons vu Caribou migrer
Et le bœuf musqué et parfois les hiboux,
Nous accompagner sur nos longs voyages lointains.

Dans les Saxifrages pourpres du printemps, ou des grottes
Au fond des falaises rocheuses, ma bien-aimée et moi,
Nous avons dormi ensemble, dans notre joie.

Bien avant les Inuits, bien avant le Dorset,
bien avant les lances et les canons et les bateaux,
Ensemble, nous avons tracé les vallées et les collines.

Nous avons ouvert la gorge et remercié la lune,
Quand c'était splendide et argenté,
Hurlant de notre amour, une mélodie si douce.

Des générations que nous avons créées, chacune nourries
Avec soin, qui a donné à notre amour l'immortalité,
Au pays du soleil de minuit.

Nous avons vécu notre vie ensemble jusqu'à ce que
nous n'ayons plus le temps.
Mon homme m'a laissé seul dans la neige un jour,
J'ai pleuré à la lune, la mélodie n'est plus douce.

Et pas capable de respirer sans ma bien-aimée,
Il est revenu si gentiment au milieu de la nuit,
Il a mis des plumes dans mes cheveux et m'a emmenée
   aux étoiles.

Maintenant, si vous regardez entre les lumières vertes
   et dansantes,
Vous pouvez nous revoir ensemble un soir d'hiver.
Nous regardons la terre de la nuit sans fin où une fois,

Avec joie dans nos cœurs,
où nous avons couru à travers la toundra enneigée.

C'EST LA VIE

S'abandonner à l'amour
à la vie
à la joie
au bonheur

sans réserve
sans regret

mais surtout
sans hésitation.

SUR TON CHEMIN
DE RETOUR CHEZ NOUS

(à mon époux)

(La chanteuse-compositrice Eroça Dancer a composé une
chanson pour ce poème en anglais.)

"Je te ferai valser sur la lune demain soir.
Quand nous serons enfin ensemble à nouveau.
Je boirai la chaleur de ton contact
Et savourerai l'odeur de ta peau.

Nos joues vont se caresser pendant que la lune nous baigne
Notre faim consommera l'absence que nous avons partagée.
Je vais explorer les crevasses de ton corps divin
Et respirerai ta tendresse sous moi."

Ces mots, que tu m'as dit au téléphone ce jour-là.
J'ai entendu ton désir et senti ta chaleur dans mon oreille.
Si doucement tu as chanté notre sensualité, nous rêvons
De moments de lumière et d'extase qui bientôt nous
engloutiront.

Mes mémoires de ces merveilleux moments
Sont toujours en moi,
Ils ont volé ma vie - Je suis coincée là,
Ignorante des joies du présent.

Dans ma transe, qui me colle à la peau,
Je trébuche dans une vie qui n'est ni présente ni tangible,
Je marche dans des rues étrangement familières,
J'entends des voix habituelles sans les reconnaître.

"Je te ferai valser sur la lune demain soir.
Quand nous serons enfin ensemble à nouveau.
Je boirai la chaleur de ton contact
Et savourerai l'odeur de ta peau.

Nos joues vont se caresser pendant que la lune nous baigne
Notre faim consommera l'absence que nous avons partagée.
Je vais explorer les crevasses de ton corps divin
Et respirerai ta tendresse sous moi."

Tes pas de retour vers notre intimité, je peux les sentir
    sous mes pieds.
Jour après jour. Année après mois, dans mon brouillard.
Peux-tu me voir ? Peux-tu sentir mon cœur ?
Ici dans mon monde si solitaire.

J'écoute mais tes pas sont terminés
Il y a très, très longtemps, donc très près d'ici,
En train, près d'une falaise,

    descendant dans la mer

    de la haine et de l'amour.

    Ce voleur qui m'a volé la vie.

JE VOUDRAIS QUE VOUS VOUS RENCONTRIEZ.....

J'ai vécu si longtemps dans l'obscurité
Sans me connaître
L'image dans le miroir
N'était pas celle que je voulais

J'ai marché si longtemps
Ignorant l'amie de longue souffrance
qui flânait toujours
mais jamais appréciée

J'ai tourné mon revers de nouveau
Sur celle qui était
toujours fidèlement là
et j'ai pris la route, seule

Je n'ai pas accepté
Les gentillesses offertes
en périodes de stress
les amours, les arguments, les pertes

Les années ont passé,
Je n'ai pas tendu la main
dans la nuit, au soleil
dans la douleur, dans le chagrin

L'ignorance ne m'a pas arrêtée
Ma surdité n'a pas diminué avec l'essai
le refus et mon abus
n'ont pas fracturé mon cœur

Pensées répétées :

"Tu te fais des illusions."
"Tu n'es pas agréable."
"Tu m'embarrasses."

En huitième année, je dirais :

"Ton derrière trop gros"
"Tu n'es pas bonne en mathématiques"
"Ton nez se trompe"

A l'école de danse :

"Tu es tellement gauche"
"Tu ne seras jamais une danseuse"
"Tout le monde va tellement mieux."

T'as jamais remarqué
Ta compagne la plus spéciale

Comment ai-je pu
  Entasser tous ces abus ?

Quelle amie aurait
   Supporté cela ?

Pourquoi es-tu restée ?
Pourquoi m'as-tu aimée ?

     "Je suis
     désolée,
    si désolée."

     "Que
   je ne t'ai jamais aimé
    bien."

Gaspillé tout ce temps
quand vous et moi
Aurions pu être amies ?

  Et tout partager.

Moi,

    Écoute, ma grande petite fille,
      Avant qu'il ne soit trop tard

Je suis enchantée de faire ta connaissance

    MOI,

        LA PLUS BELLE,

          Moi.

QUAND LA PASSION RÉGNAIT

Pluie.
Un après-midi.
Une rue animée.

Les passants se dépêchent.
Quelqu'un les a-t-il remarqués ?
Un couple. Sous un parapluie.
Embrasser.

Le temps sous le contrôle de la passion.
Auraient-ils remarqué ?
J'ai arrêté. Vu.
Compris.

Quand deux pouvaient plier le temps et l'espace.
Communicant. Lèvres contre lèvres ?
Participer. Absorber.
Impliquer.

Partis maintenant.
Dans le brouillard.
Où étaient ces jours ?
Rappelés.
Il y a longtemps.

Participer. Absorber. Impliquer.
Communicant. Lèvres contre lèvres ?
Quand nous pouvions plier le temps et l'espace.

Si on s'est arrêtés. Comprendraient-ils ?
Aurions-nous même remarqué ?
Le temps sous le contrôle
de la passion.

Un couple.
Sous un parapluie.
Embrasser.
Les passants se dépêcher.
Quelqu'un nous a-t-il remarqués ?

Une pluie.
Un après-midi.
Une rue animée.

JOUEZ TOUJOURS,
Si la musique est l'aliment de l'amour,

Un feu crépitant
À la fin de la soirée,
Créer une danse entre
Clair et sombre.

Une flûte souffle des vents doux
Déclinés par les violons.
Le carillon guide doucement
Un grondement de grosse caisse.

Une voix,
Déterminée, retenue
Comme une cascade
Sérieuse, impérative.

Les reflets se balancent,
L'externalité se désintègre.
Lentement, complètement
Cœur-navire suit.

Le rythme du cœur ou des tambours ?
Fusion du son et du corps.
Envisage la danse,
devient la danse.

Lois physiques
Ne s'appliquent plus.
à de douces mélodies,
Je ne peux que me rendre.

Avec le chanteur, je valse
à Saturne ou Mars,
Quitter les compagnons.
Imaginaires ou réels ?

Une voix mature et jeune,
Prononce chaque ton,
Le son transmet le sens,
Les mots superflus.

Une pulsation reliant le son,
Os, chair, émotions, désirs,
Dans le moment présent.
Concordance.

Le mouvement n'est plus,
Corps régi par la musique.
Sensualité linguistique
Corps chantant les mots.

Urgence de communiquer : rassasiée.
Au plus profond du chakra sacré,
douce dureté du besoin,
utiliser le corps pour s'échapper du corps.

Lois sociales
Ne s'appliquent plus.
La peau de la sensualité
annonce que je suis vivante.

Chérie, agonie désirée,
Chaque émotion exprimée
Sa voix tremble
Et me prend au piège.

Entièrement abandonnée
Se précipiter pour se rencontrer
Désir à venir,
Au-delà de l'équilibre.

Délicieuse douleur
vitale et engourdissante
plaisir flottant
le flux a perdu la capacité d'arrêter.

Faire l'amour tout le long
Cet amoureux de la forme infinie,
Je suis la Succubus -
Je viens pour moi.

Mon âme tend la main
La barrière est brisée
permettant aux vérités de faire surface
du grand océan intérieur

UNE CHANSON DE LA DOUCHE

Éclaboussante sur ma peau,
venant d'en haut
Ta voix laisse un tatouage au passage.

La cascade tiède enveloppe comme un nuage,
sécurisé, sûr.
Toucher, tentant, chatouiller.

Elle bannit l'aliénisme de mes pores,
maintenant voyant le monde
Récemment nettoyé; une vraie réalité.

De minuscules cascades sont des mots
qui me parlent.
Ecrivant dans ma chair, un mot, le mot : désir !

Mêlant dans mes cheveux, sur mes yeux,
glissant sur mes lèvres,
Tombant de mes oreilles pour caresser mon cou;
me taquinant.

Les ruisseaux baisent mes seins et hantent
des endroits oubliés,
Les fruits des mots, nommant un plaisir indescriptible.

Conformant à chaque courbe,
inarrêtable dans son voyage,
Explorant les sensations, sculptant les souvenirs.

Longue et svelte. Une fine colonne de chaleur, envoie
Vitalité à travers les veines. Animant la brume.
Te solidifier.

Ton impact est comme un vent d'est, spontané,
Venant d'un désert. Pour moi, pour moi.
Tu es venu.

Dans le creux de mon dos, ta main douce s'arrête
tendrement.
Des cascades tourbillonnantes me transportent
dans la mélodie.

Laissant ta marque profondément dans ma peau,
par les notes tu chantes, comme en feu.
Cette chanson est une douce douleur.

Une caresse qui me laisse envie. Tu sais.
Tu as toujours su. Un rayon de soleil offrant le désir.
Tu as donné. Tu donneras toujours.

Avec des bibelots de mots secrets, mal compris,
pourtant ta musique danse autour de mon corps.
Ta passion s'exprime par le son.

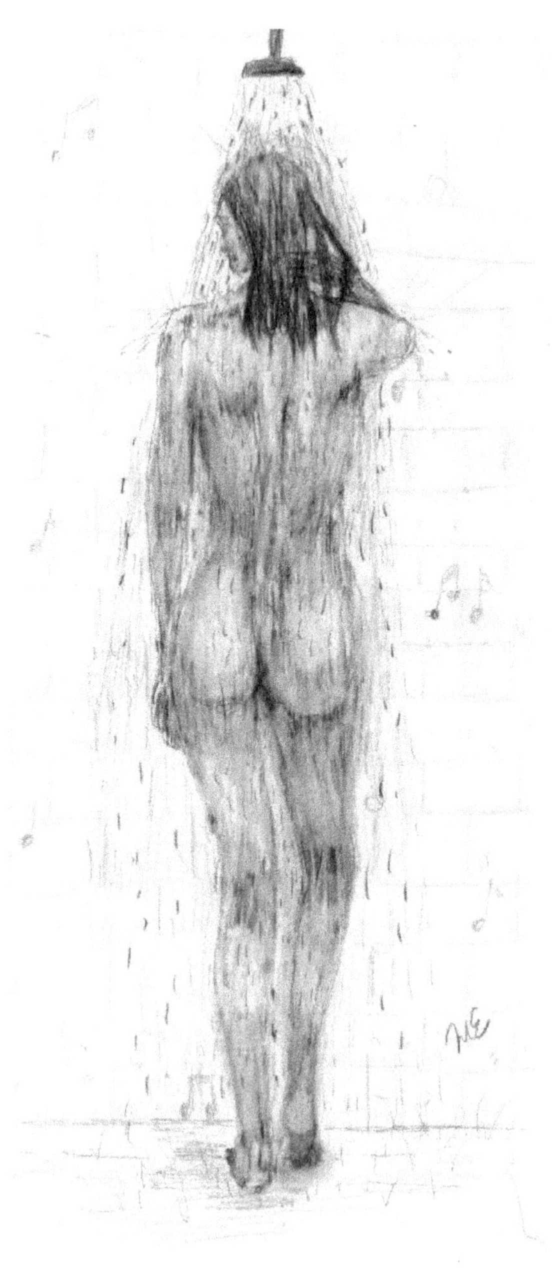

*Assourdi du monde extérieure, je suis transportée
dans ton cœur-navire.
Cocoonè dans un royaume sans frontières, seuls
ensemble.*

*Tu as imprimé de doux chuchotements sur ma peau.
Indélébile. Mais la chanson est trop courte.
L'extase n'est qu'un souvenir pour le moment.*

En attendant la prochaine chanson.

LES PENSÉES

Pensées de toi
Sont comme des fleurs,

Tellement qu'
Elles me font flotter sur les nuages,

Et coupe les liens
Cela me lie

Douleur et malheur
Ici-bas sur terre.

PARLANT

Il y a de l'honnêteté dans le langage du toucher.
Ton visage contre le mien, la fenêtre d'un cœur.
Du bout des doigts, mille mots.
Les cils qui clignotent sur ma joue,
Caressent mon âme comme une musique.

Notre valse du lit est un dialogue,
Déclaration et réponse entendue.
Les lèvres ensemble semblent profondes,
Où les mots n'ont pas leur place.
Dans l'harmonie de deux notes.

L'extérieur remplit l'intérieur
En parfait abri
Peu importe la forme
Communiquer plus
Plus qu'un simple récit.

Cette conversation,
Un battement à l'autre, dit une vérité
Pour un moment dans le temps et l'espace,
Et un lien qui contient
Une promesse de demain.

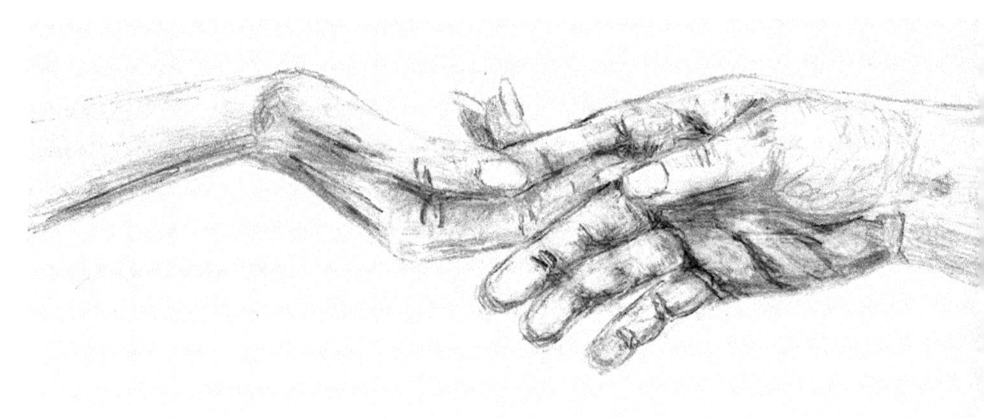

EN VENANT À TRAVERS LE SEIGLE
Réflexions sur le poème du poète écossais Robbie Burns

Je parle pour un temps
lorsque nos corps ont fusionné une fois.
Nuits sous les étoiles et les lucioles,
le service du soir d'un oiseau moqueur;
Jours au bord de l'océan,
quand le soleil me brûlait le cul.
En jouant dans une rivière froide,
notre chaleur coulait dans nos veines.

Je parle pour un temps
quand nous nous sommes battus
pour rien.
Trop fatigués pour se toucher
après des journées chargées,
combattant nos enfants au lit,
puis faire la vaisselle,
il ne restait plus rien,
pas même des mots.

Je parle pour un temps
quand on s'accrochait
l'un à l'autre, désespérément
essayant de se souvenir
de ce qui était là autrefois,
quand ton dos était
la seule chose qui reste,
quand les revers de la vie
nous a séché.

Je parle pour un temps
quand nos chemins changeaient,
Nos intérêts divergeaient
et menaçaient de s'effondrer.
Où était la lumière
que nous avions allumée
il y a longtemps.
Un pied devant l'autre,
nous sommes seuls maintenant
comme des zombies.

Je parle pour un temps
où soudain nous avons vu
que les hauts et les bas de la vie
étaient mieux partagés.
Je t'ai revu
et l'appréciation est revenue,
et le respect dans tes yeux
s'est transformé
en lumière.

Je parle pour un temps
quand nos âmes ont fusionné à nouveau.
Les nuits sous les couvertures
retrouvent le confort encore.
Les jours, toujours avec des corvées,
maintenant défilent sans ego,
mais avec bonnes récompenses.

On a toujours le froid et le chaud,
mais ensemble,
c'est génial.

Et plus de possibilités.

LA VALSE INFINIE

Les notes montent au ciel.
C'est une vieille harmonie,
Une chanson partagée, connue sans être enseignée.

Deux cœurs inhalant
Respirent le souffle d'un autre,
Obligé de satisfaire un désir universel.

La chèvre cherche la biche,
Un castor construit une maison pour sa compagne,
Un gibbon toilette son amant dans la canopée de la
forêt.

Les grues de sable dansent ensemble,
L'orignal mâle connaît la période de l'année.
La femme hippocampe retourne vers son homme pour
pondre ses œufs.

Toutes les créatures dansent.
C'est le même pas à tous dans une valse,
Chercher du réconfort, se battre pour un compagnon

pour l'immortalité.

MADRIGALE DE FEU

Apprends-moi le feu
qui met de la passion dans ma vie.
Apprends-moi à répondre
Aux joies infinies,
qui allument le feu.

Apprends-moi à parler
sans mots.
Apprends-moi à me réveiller
Au matin de la vie.

Apprends-moi des notes
qui résonnent si doucement.
Apprends-moi les mouvements
ton corps a soif.

Je veux une raison
pour exprimer ma joie.
Je veux un instant
pour mouvement de tango.

Le duo de demain
me fait signe de suivre.
La valse du compagnonnage

ME REMPLIT DE COURAGE.

ENSEMBLE

Nous pouvons marcher ensemble
sur la plage,
Dans l'espace de l'âme.
Où les rêves
entrer en collision avec la réalité.
Témoins de la mer et du ciel,
Jusqu'à ce que je comprenne

Que tu m'aimes.

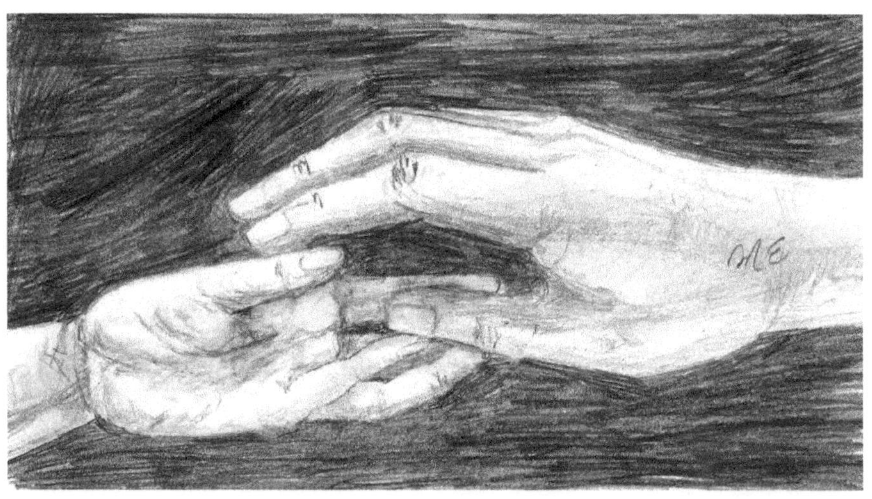

UNE RAYON DE SOLEIL

Amoureux,
Tu es le soleil qui salue le matin.
Tu es la pluie qui encourage que les plantes poussent.
Tu es la chanson qui chante dans mon cœur.

Mon Amour,
Tu as le pouvoir de m'appeler à venir de l'autre côté de la
*   planète.*
Quand je suis en triste, tu as le pouvoir de faire venir le soleil
*   De derrière les nuages,*
et place-le dans mon âme et dans mon cœur

Cheri,
J'ai l'énergie de voler.
J'ai l'imagination pour rêver.
J'ai la volonté d'escalader de hautes, montagnes

À cause de toi.

LA FIN D'UNE AFFAIRE

Une joue enflamme contre un ventre.
Bouts des doigts contournent une cuisse.
Le sens intérieur coule avec la musique.
Fascia ondulant doucement avec les notes.

Nous avons monté le cheval de nuit,
Et navigués avec le bateau solaire,
Jusqu'à ce qu'un matin, nous nous sommes
réveillés,
Sobres de voir ce qui avait disparu sans
préavis.

La nuit dernière ? La semaine dernière ?
Dix ans ont passé si vite.
Pas plus de vision nette et articulée.
Je vis seul maintenant, avec un souvenir.

Qu' avons-nous fait?
Que n'avons-nous pas fait ?
Avons-nous trop demandé ?
Ou pas assez ?

Ces choses résonnent dans mes tissus, mes os.
Les sentiments jetaient maintenant
des ombres indistinctes
sur mon présent.

Je me demande :
Pourquoi avons-nous
lâcher l'un l'autre ?
Pourquoi avons-nous
lâcher la gemme ?

SOMBRE À CLAIR

Je ne savais pas que je vivais
en noir et blanc
jusqu'à ce que tu me donnas
ton don de couleur,

Quand tu es tombé amoureux de moi,
je savais que je ne reviendrais jamais.
Quand je suis tombé amoureux de toi,
je savais que je ne serais plus jamais la même.

Donne-moi ton cadeau d'amour
et chasse les ténèbres.
Hier n'a jamais existé
mais aujourd'hui, je vois lumière.

NOUS AVONS DANSÉ

Mon mari est décédé hier
Ou peut-être que c'était la veille.
Mes pieds se souviennent de leurs mouvements
Alors que nous dansions à notre mariage.

Mon âme communique avec la tienne.

Ma robe de mariée était en dentelle
J'ai porté la primevère printanière. (Les myosotis)
Je dois acheter des fraises pour ton enterrement,
*   maintenant.*
Tu as aimé les fruits frais, mais nous sommes en
*   novembre.*

Mon âme communique avec la tienne.

Notre bébé, Nicholus, a trois ans. Comment puis-je
*   répondre ?*
Son père ne lui fera pas la lecture ce soir
Que nous allons bien ;
il doit avoir l'air d'être assez aimé.

Mon âme communique avec la tienne.

Mon ventre a toujours le poids que j'ai pris
en portant Nicholus. Mes vêtements sont serrés.
Qu'as-tu vu en moi,
Cette vilainne petit canard qui nageait si vite pour
suivre?

Mon âme communique avec la tienne.

Tes yeux rencontrent les miens dans la pénombre de la
  lune.
Tu touches mon visage du bout des doigts si doucement.
Dans ton cœur une inscription sacrée,
vous m'avez demandé de lire.
Ma tête repose sur ton doux oreiller.

« Mamie, je dois te conduire à ton domicile pour âgées
  dépendantes Il est presque l'heure de ta dîner. »

LE PRIX

Je t'ai vu debout dans l'embrasure de la porte.
Je n'ai pas remarqué mon souffle.
Quel genre d'apparition ose interférer
dans mon monde merveilleux?
Est-ce que je respirais, ou était-ce parti ?

Mes petits garçons, je porte dans ma poche-cœur.
L'homme avec qui je me suis inscrit est mon équipe de
    vie.
Comment osez-vous exposer dans mon monde
et me couper le souffle.

Monsieur, vous êtes venu, puis vous vous êtes évaporé
    comme une brume.
C'était une belle journée d'été
et vous avez pris quelque chose avec vous.

Monsieur, je déteste votre venue et votre départ.
Pourquoi, oh pourquoi, être vous venu.
Rends-moi ce que vous avez volé ce jour-là.
Je vous maudis.

Mon coéquipier est allé au sol
et te revoilà.
J'ai passé tellement de temps à essayer de t'effacer,
te maudissant chaque jour.

Je regardais dans le miroir,
toujours pour les années
seulement pour te voir me regarder
et j'ai crié: "Laissez-moi tranquille !"

Tu dis que tu m'aimes.
Comment cela peut-il être vrai
quand tu as si longtemps gâché
ma joie ?

Tu dis que tu es parti pour moi,
parce que je te l'ai demandé.
Mais ton intrusion
est devenue ma maladie chronique.

Tu m'as enlevé ma joie.
Comment puis-je t'aimer maintenant
alors que je te déteste depuis si longtemps ?

Mes petits garçons sont adultes maintenant.
Ils chérissaient, je chérissais mon mari.

Comment puis-je t'aimer maintenant ?

LE LYRISME DE NOTRE DESIR

*Tu es celui qui entend les secrets
dans les notes que je chante.
Je suis l'auditrice des notes bouillonnant
du plus profond de ton être.
La chanson dans l'espace entre nous
est un feu qui réchauffe notre maison,
cuisine notre nourriture et nous divertit
après une longue journée
de travail pour notre pain.*

LES CLOCHES DE S'ABANDONNER

La parole de ton corps
m'a pris de nulle part
à quelque part.
N'est plus perdue
sur une mer déchaînée
tu as localisé mes pieds
Sur un rivage solide.

Ma réponse
à ta quête,
t'a apporté doux plaisir
exprimé dans tes bras
et senti sur mes lèvres,
ancrant mon cœur doucement.

Avec des lèvres sur les lèvres
et peau sur peau,
tu m'as enfermé
dans une gélule;
avec la tendresse
par dessus tout,
mais occasionnellement
dans l'agonie de passion.

*Si les mots pouvaient être convoqués,
le ciel les aurait chantés.
Ta demande était plus
que je pensais possible.
Que pouvait faire mon cœur à part
sonner les cloches*

de l'abandon.

COMMENT PUIS-JE ME CHÉRIR
OÚ SE CACHE MA VALEUR DE SOI

Pendant des années,
je me suis demandée
Où se cache l'estime de soi.

Je l'ai cherchée avec des amis.
Je l'ai cherchée avec ma famille.
Je l'ai cherchée dans mes études,
Récompenses, talents et chance.

J'ai cherché et cherché.
Mon Dieu, elle s'est bien cachée !
Elle était un peu comme
Chercher du poisson dans le ciel,
Et les tigres dans le Pacifique.

Je sais à quoi ressemble un éléphant à deux têtes.
Les vêtements, voitures, maison, louanges, trucs,
Je savais que je le saurais quand je le trouverais.

Ma prière, je le trouverai tôt ou tard,
si je travaille plus fort.
Plus de temps.

J'en ai vu d'autres dénigrer les autres
pour paraître plus haut.
J'en ai détecté d'autres qui semblent supérieurs avec
armes à feu, lois, règles, obéissance, liberté apparente.

J'ai vieilli, en plus vieux
et j'ai continué à chercher.

Puis une certaine sagesse est venue à ma rencontre.
Je cherchais aux mauvais endroits.
Je cherchais dans les mauvaises directions.

Un miroir était le point de départ.
Pas pour le visage mais à l'intérieur de moi.

J'ai recommencé ma recherche.
Cependant - ce n'était pas facile, ni clair.
Il y avait encore un long chemin
 à parcourir avant que j'y sois.

C'était comme attendre à l'arrêt du train.
Le train viendra certainement.
A la bonne destination,
Je suis montée à bord.
Au moins je le ferai
arriver absolument maintenant.

L'amour répond à l'amour ;
Respecte pour être respecté.

L'estime de soi a fait tout ce que j'attendais d'elle,
quand je l'ai trouvée.

APRÈS LA CRÉMATION

Gratitude -
Car notre temps ensemble.
Que tu n'aies pas.
La douleur de la separation.
Avoir appris ce qu'est l'amour.

Douleur -
Car ne plus faire de câlins,
ne plus planifier un double avenir,
ne plus jouer ensemble,
plus de nous,
plus d'intimité.

Colère -
Car abandon,
encore un rendez-vous avec moi-même,
pour ma perte,
pas de sauvegarde.

Gratitude -
Car avoir eu un amant,
avoir eu un protecteur,
avoir eu un conspirateur.

*Mais surtout
avoir eu un ami.
Et ce sera toujours le cas.*

APRÈS LA TEMPÊTE

Je me tiens sur la route
en regardant les décombres
c'était notre maison.
Il avait été difficile de trouver
sans repères familiers.

Puis mon mari
met son bras autour de mes épaules,
et notre fille
met son bras dans le mien,
son mari
se tient derrière moi,
avec Jamie, en sécurité dans ses bras,
qui attrape mes cheveux
et fait des bruits de babillage.

Nous sommes les chanceux.
Que peut offrir de plus le monde ?
Nous avons tout.

DURABLE

Le contact de tes doigts
et tes baisers
sur ma peau
me remplit de joie.

Même si tes doigts
et tes lèvres
ne sont plus là,
ils resteront toujours,
mon bien-aimé.

*Ils n'ont pas disparu
quand tu es parti
parce que nous nous aimions
avec passion et une étincelle
qui a illuminé le ciel.*

*Ils ne peuvent pas arrêter d'être,
même si notre amour n'a pas duré.*

OUVERTURE DU PORTAIL

Amour ne vient pas seulement du cœur.
Je t'aime de tous mes sens,
et mes gestes, mon réveil, mon sommeil,
marcher, observer les étoiles, choisir,
et le souffle que je respire.

*Maintenant que l'amour est entré dans mon
    monde,
je ne peux pas séparer
une partie de l'univers d'un autre.
En t'aimant et en étant aimé,
je reçois maintenant l'amour du soleil,
les arbres et les herbes,
même le vent qui souffle.*

*Je ne peux pas décrire ce changement en moi.
Ce n'est pas ton amour qui l'a créé.
Ton amour a posé une question,
et ma réponse s'est réveillée
un univers dont je ne connaissais pas l'existence.*

LE PASO DOBLE

Mets tes bras autour de moi
Je bougerai mon corps avec le tien.
Tiens ma main
Et je viendrai avec toi.
Embrasse-moi doucement
Pour que je puisse goûter ton amour.

Je mettrai mes bras autour de toi
Pour que je puisse sentir ton corps danser.
Je te tiendrai la main,
Et nous pouvons y arriver ensemble.
je t'embrasserai doucement
Ainsi, nous pouvons exprimer notre amour.